幼兒全語文階梯故事系列

媽媽生病了

袁妙霞 著
野人 繪

園丁文化

猴媽媽生病了，躺在牀上休息。

三兄弟中的大猴子說：「媽媽需要休息，家務由我們三兄弟分擔。」

大猴子拿起籃子，說：
「我到外面摘果子。」

二猴子拿起掃帚，說：
「我打掃房子。」

三猴子走到媽媽牀邊，說：
「我照顧媽媽。」

過了幾天，猴媽媽康復了。
「太好了！」三隻小猴子說。

「我們又可以去玩了。」
三隻小猴子蹦蹦跳跳地走出家門。

導讀活動

進行方法：

❶ 讀故事前，請伴讀者把故事先看一遍。
❷ 引導孩子觀察圖畫，透過提問和孩子本身的生活經驗，幫助孩子猜測故事的發展和結局。
❸ 利用重複句式的特點，引導孩子閱讀故事及猜測情節。如有需要，伴讀者可以給予協助。
❹ 最後，請孩子把故事從頭到尾讀一遍。

提問

封面
1. 從圖中看來，你猜猴媽媽怎麼了？
2. 請把書名讀一遍。

P2～P3
1. 猴媽媽的牀邊放了什麼東西？你猜她為什麼躺在牀上呢？
2. 你猜牀邊的三隻小猴子是什麼關係？
   誰是大哥？誰是二哥？誰是三弟？
3. 猴子三兄弟知道媽媽生病，需要休息。你猜他們在商量什麼呢？

P4
1. 從圖中看來，大猴子是不是準備出門呢？
2. 他拿着什麼東西出門？你猜他為什麼要到外面去？

P5
1. 二猴子拿着什麼？你猜他在做什麼呢？
2. 二猴子分擔了什麼家務？這家務你也會做嗎？

P6
1. 三猴子拿着什麼？你猜他拿這杯水給誰呢？
2. 三猴子沒有外出摘果子，也沒有打掃房子，他負責什麼工作呢？
3. 你生病時，家人是怎樣照顧你的？請說說看。

P7
1. 從圖中看來，猴媽媽康復了嗎？她正在做什麼呢？
2. 三隻小猴子在翻玩具箱，你猜他們想做什麼？

P8
1. 你猜對了嗎？三隻小猴子拿着什麼出門了？
2. 他們走路的樣子是怎樣的？從他們走路的樣子看來，他們高興嗎？
3. 他們為什麼這麼高興？

說多一點點

養成好習慣

健康生活，預防疾病

注意個人衞生。

均衡飲食。

適量運動。

定時作息。

字卡

玩法

❶ 把字卡全部排列出來，伴讀者讀出字詞，請孩子選出相應的字卡。
❷ 請孩子自行選出多張字卡，讀出字詞並口頭造句。

請沿虛線剪出字卡。

生病	躺	需要
休息	兄弟	分擔
家務	掃帚	打掃
照顧	康復	蹦蹦跳跳

幼兒全語文階梯故事系列
第4級（高階篇）

《媽媽生病了》

幼兒全語文階梯故事系列
第4級（高階篇）

《媽媽生病了》

©園丁文化

幼兒全語文階梯故事系列
第4級（高階篇）

《媽媽生病了》

©園丁文化

幼兒全語文階梯故事系列
第4級（高階篇）

《媽媽生病了》

©園丁文化

幼兒全語文階梯故事系列
第4級（高階篇）

《媽媽生病了》

©園丁文化

幼兒全語文階梯故事系列
第4級（高階篇）

《媽媽生病了》

©園丁文化

幼兒全語文階梯故事系列
第4級（高階篇）

《媽媽生病了》

©園丁文化

幼兒全語文階梯故事系列
第4級（高階篇）

《媽媽生病了》

©園丁文化

幼兒全語文階梯故事系列
第4級（高階篇）

《媽媽生病了》

©園丁文化

幼兒全語文階梯故事系列
第4級（高階篇）

《媽媽生病了》

©園丁文化

幼兒全語文階梯故事系列
第4級（高階篇）

《媽媽生病了》

©園丁文化

幼兒全語文階梯故事系列
第4級（高階篇）

《媽媽生病了》

©園丁文化